민주주의 4.4

민주주의 4.4

초판 1쇄 발행 | 2025년 5월 22일

지은이 | 함태숙
펴낸이 | 황규관

펴낸곳 | (주)삶창
출판등록 | 2010년 11월 30일 제2010-000168호
주소 | 04149 서울시 마포구 대흥로 84-6, 302호
전화 | 02-848-3097
팩스 | 02-848-3094

ⓒ함태숙, 2025
ISBN 978-89-6655-190-3 03810

민주주의 4.4

함
태
숙

시
집

삶창

전두환의 5·18 포고령을 베낀 윤석열식의 계엄 선포 이후

지난 123일간을, 피 묻은 손가락이 공중에 떠 있는 착란을 겪었다

아무 일도 일어나지 않았다고?

거리에서 광장에서 농성텐트와 대기의 통증이 내려앉은 모든 글자 위에서

나는 빛을 따라갔다

그리고 탄핵 기간에 쓴 55편의 시를 묶는다

육체와 시와 사랑과 한 시대는 동일하다

차례

1
부

손바닥 헌법책

무한에 공터를 만들려면
괜히 우거지고 심란해진
숲 같은 심사가 있어야 합니다
더 처절한 빛과 자유를 모으고 싶으면
격자로 꺾인 권력의 창도 있기도 하겠지요만
인간이 진화를 위해 도모한 정신이

무한에 공터를 만들려면
합의의 역사와
피 묻은 한 줄의 영혼이

'신과 인간이 하나가 되어
나라 안팎으로 협력하고 호응하는'
선포를
무한에 공터를 만들려면 기억해야 합니다

손바닥만 한 하늘이
어떻게 쥐어졌는지

모국어로 심장을 그려 넣은 시인들도
우리의 헌법입니다

'별이 바람에 스치우는 밤'과
'가난한 노래의 씨를 뿌'리는, '여기'가
모든 선언의 속지에 있어야 합니다

'나는 우리나라가 세계에서 가장 아름다운 나라가 되기를
원'하는 모든 '나'가 있어야 합니다

그리고 이것을 어색하게 전하는
광장의 한 청년이

이렇게 올려다볼 때의 그 아프고 깊고 높은 무한의
공터가 거기 그렇게

대한민국 임시헌장의 1919년 4월 11일 제정된 그
날의
증인과 더불어 하늘이

무한에 공터를 만들려면
외쳐야 하는 것입니다

헌법 제1조 1항을
총탄에 뚫린 가슴의 무한의
공터에 대한민국은 민주공화국이다
대한민국의 모든 권력은 국민으로부터 나온다
이렇게! 이렇게! 주먹을 불끈 쥐고!!!

농성 텐트

우리는 흐르다 만나자
꼬옥 피울 꽃이 있다면
가다가 멈춘 길이더라도

우리는 딱딱하고
사납고 거칠더라도
몸속에 불꽃을 꼬옥 감추고

우리는 제빙처럼
빛을 잠깐 얼려
파란 텐트 같은 몸으로

우리는 다닥다닥
가장 단단한 분자가 되어
정신의 푸른 입방체를

우리는 떨리는 꽃이 되자
겨울이 어떤 결정으로

죽은 듯이 강을 멈췄는지

우리는 깃발에 자유의 형상을
얼음에 뜨거운 심장을
계절에 순수한 관념을

우리는 얼마나 옹호하는지
우리는 얼마나 교육하는지
지구의 수평의 힘을

인간이 자신의 통치로 전취하는 것을
서로의 증명이기로 하자
꽃과 불꽃과 너와

사랑은 정치라는 혼돈의 아원자들
한 줄로 부스를 열고
물질의 한쪽 뺨을 만져보게 하는 것

우리는 동그랗고 우그러지고
네모나고 별표와 12면체 64면체
우리는 입자처럼 서로를 드나들자

꽃과 불꽃과 너와, 봄
우리는 가끔씩 혼동하며
멈춰도 흐르는 수평의 힘으로

관저 앞 민주주의

나는 오늘 혀가 없습니다

숲이여 새들은 공중에서 내려올
한 가지의 자유를 얻지 못하는 것입니까

입속에 우물거리는 건
뱃속에 우글거리는 것

나는 어둠의 덩어리진 형태일 뿐이고
혀를 잃은 거품일 뿐입니다
바다를 잃은 파도와도 같은

숲이여 여전히 광합성을 하며
내부에 작은 길들을 끊임없이 밀어 올리는
깊은 목마름이 없단 말입니까

나는 불타고 남은 목구멍
두 귀를 태운 토끼의 수치심

깡총거리는 노루의 환영

오늘 말의 뿌리를 잃은 공허입니다

숲이여 진초록의 심장을 만드는
장소 없는 혼들의 우거짐이여
그림자는 빛이 안은 깊은 음영
자기를 펼치기 위해 자기를 끊으며
미지로 건너가는 새파란 귓바퀴들
우르르 굴러오는 소리들

숲이여 하나의 숨이 일으키는 동시적 떨림이여

오늘 혀가 없다 하지 마세요
드러낼수록 파탄뿐인 얼굴이라도
가리지 말고

원형 철조망과

제1 제2 제3의 도주로와
주위 여섯 군데의 지하참호와
사병들의 복종을 엮어 만든 붉은 방호와

44인의 검은 새들의 죽음으로 만들어 올린 44인의
검은 새들의 심장 없는 형상과 한가운데 흰 똥을 갈긴
모습으로

멧돼지와 아홉 꼬리 여우의 침상을
가려준다 하여도 잿빛 쥐들의 할렘이여

초록 뱀들이 천 개의 머리를 맞대며 혀끝에 독을 바
르며 제 몸을 찢고 내려온다 하여도

끊어진 혀를 주워
선언하세요 숲이여

겨드랑이에서 돋아나고 눈 속에서 우거지고 글썽일

때 흔들리는 숲이여
  피하지 말고
  얼굴을 돌려주세요

  걸어와서 한 그루의 나무를 찾아 다시 자기를
  다시 전개하세요 다시 쓰는 자유는 몸을 관통하여
나온
  잎과
  잎들의 끝없는 돌림노래 자기의 전체를 완수하려고

  한 잎은 얼마나 섬세하고 울창한 빛들의 웅변인지
  마이크를 잡고 음폭을 증폭해 보세요
  소리가 부서지는 건
  더 큰 소리를 물고 날아가는 새들이 있기 때문

  세계는 거대한 우레 속에서 새파랗게 흔들리는 손
을 꺼냅니다
  사물이 자기 혀를 갖고 스스로가 말하듯이

전진하는 언어의 테두리여 톱날처럼 작은 짐승의
이빨처럼
빛나고 뾰족하며 죄 없는 흉기처럼

숲이여 고개를 들어 항거하세요
가짜가 짓누르는 도끼 아래

숲이여 오늘 걸어갑니다
다 끊어진 혀를 들고 처음부터 끝을 어떻게 기억하
는지
생각하느라
제 몸에 겹쳐진 그물들을 골똘히 들여다보는 한 잎
의 증언을 받쳐들고서

빛을 끌어당기듯이
물을 끌어올리듯이

사각거리는 푸른 기운을 당신의 둘레로 데려가겠습

니다 숲이여 당신의
　　이름을 부르겠습니다

눈 오는 동지

각각의 단독성으로 내리는 눈송이를 보다 기원과
가장 가까운 곳을 더듬다 긴 거리가 만드는 검정빛을
얻는다 중력을 치고 흩어지는 작은 점들이 눈밭 위의
새들의 최초의 시각적 형태라는 것을 알고

눈과 새와
우리의 존재가 자기를 찾아 도달하는 헤맴이란 것
을 하나의 명사 안에 새까맣게 몰리는 순간들의 집합
이며,
소멸이 끌어당기는 가장 긴 접합임을

우리는 우리의 꽝꽝 언 석관 같은 기억으로부터 기
어이 날개를 붙이는 행위를 반복하는
시간의 껍질들

우리가 물질화시킨 것들 위로 명명하기 위해 우리
는 내려앉는다
눈발과 새와 눈 속의 다른 곳을 만드는 꿈으로 우리

는 서로에게 손을 내밀고
손바닥 위에 겨울의 전체를 올려놓고
그것을
열망과 이해로 꼬옥 쥔다 새들이 어디선가 그들의
몸을 그리하듯이

자연이
꿈과 소멸과 그들의 가장 긴 잠의 가장자리를 부드
러운 한 뼘의 손 위로 가져가는 것을 우리는 존재의 이
전에서 서로를 바라보는 것 같다

너는 까만 점처럼 멀어지고
그럴수록 우리는 세계를 평면으로 만들어
접히거나
흩뿌려지거나

가장 격렬한 눈발 속에 한 점의 새처럼

윤거니

교과서의 괴물을 끌어모으면
한 시대의 어릿광대가 출현한다

플라스틱 머리를 뚜껑 반 올리고
요정정치 그녀가 배꼽 위에 새기듯
하늘을 가릴 손바닥에 임금 왕을 적은

박수를 갈망하며 줄줄 자기를 흘리는
포악한 군집을
하수구 배관을 구부려 형태를 잡으면
나타나는 웃음 안의 네비게이션과
몰려다니는 쥐떼들로 표면이 우그러지는 정치의 감
정을

드라마가 펼쳐지는
카펫 같은 얼굴로 한 시대를 둘둘 감으며
비례를 잃은 몸뚱이가 법정을 돌아다닌다
벗겨진 이마로 광활한 폐허를 밀며

분리된 세계의 공을 어떻게 공중돌기하고 으스러뜨
리는지
보게 될 것이다
인간이 패배한 장소를 뒤척이면 야만과 정신의 홀
로코스트를 코밑에 붙이고

우린, 공기에 섞인 사이클론 B를 어느 통조림 안에
서 따야 할지 망설이는 우연한 손을 관전하듯이

광대를 밀어 넣은 하얀 폭력의 밑구멍을 피와 추상
화가 구분되지 않는 미학의 언술을 경청하듯이

이름을 바꾸어 매번 돌아오는 포즈로
거꾸로 매달려 훌렁 벗겨지는 치맛자락을 누군가가
통으로 잘 묶어 주었다는
밀라노 광장 앞의 사진처럼

어릿광대의 의의와 나아갈 길을

교과서에 기록하고 하얀 죽음의 서커스를 끼워 넣
은 여자를 함께 볼 것이다 때 묻은 동전 같은 영혼의
수 없는 스크래치를

빛이라고 브라운관에 모아 놓은
괴물의 픽셀들을
조립하여 등장하는
한번 털면 와르르 무너지는 출현하는 교과서의 부
부를

키세스 동지

부드럽게 내부가 허물어지는 순간의 질료를 모아놓
고 함께 붕괴하는 표면에 기대어 있어 누군가는 음악
을 떠올릴지도 모르지 시선을 끌고 가 주기를 직선처
럼 보이는 가장 먼 외곽을 천천히 걸어가 주기를

세계가 발밑에서 물 닿은 모래처럼 푹 꺼지고 자기
발등이 도약처럼 드러나는 하나의 점에서 우리가 껴
안고 함께 허물어지는 삶의 한복판에 죽음보다는 영
원한 무엇이 있다는 예감을

서로의 머리 위에 씌워주기를 바라지 은박지로 감
싸듯이 씁쓸하고 달콤하고 비밀 같은 사랑을 넣어 주고

다 녹아버린다 해도
다 식어버린다 해도

음악이 담고 있는 소리와 침묵이 태어나고 있는 별
의 꼬리와 폭발이 너를 밀봉하고 살짝 비틀어 순간이

묻어 있는 지문처럼 공중에 얼룩한 것을 어리게 하고
너의 뺨이 눈 녹은 거리처럼 지저분하게 번진다 해도
슬픔이 어떤 공중의 음향을 찾아가는지

　우린 석회질의 육체를 가진 시간의 감각을 잠시 나
눠 본다 도로변엔 아방가르드한 건물이 있었고 너는
미쳐서 흰 랜턴을 흔들고 나는 빛의 가장 깊은 광도를
안고 네게 기울어져 습설은 무겁고 우리의 뺨은 천천
히 찢어져 너는 미친 듯이 웃고 나는 빛의 표면을 어루
만지지

　사람들은 본 적 없이 맑은 경쾌한 하늘이 한 조각 딸
려 온 것을 보았다고 말한다 사랑한다면 꼭 같이 얼어
죽어야만 하는 게 아니야 눈길이 눈 속으로 흰 발자국
을 찍으며 돌아다니는 혼들이 자기 리듬을 다 털어놓
고 가게 하면 되는 거지

　넌 미친 듯이 랜턴을 흔들고

빛의 갱도는 빛으로 채워지고

가짜 구원

관저 앞 말년이 박복한 상의 여자가 오이 쪼가리 같
은 입을 우물거리고 있다 주문을 외는 것이다 손에 든
흰 깃발은 푸른 별을 한 인공기처럼도 보인다 국적은
어디일까 좌판에 태극기와 성조기 이스라엘기 크기 따
라 값이 다르게 매겨지는 자본은 집회 대열 사이를 휘
감다 단상에 오르고 세계를 밟아 밟아 비계가 출렁이
는 트로트 댄스풍의 후크송

철조망과 탬버린과 수만 발 실탄이 장전된 성 그 아
래 인간 벽돌들 그 아래 가장 아랫돌 눈 속에 타버린
내전의 역사가 검게 피어오르는 맹인 같은 슬픔이 알
수 없는 구원의 주술을 왼다 우— 웩— 우— 웩— 밟
아— 밟아—

회충 같은 길이 희끄무레 그들의 천국을 감아 오른
다 타인의 심장에 호스를 꽂지 않으면 연명할 수 없는
최상위 포식자의 발아래 루시퍼의 오래된 경호 라인
속에 꽃들이 픽픽 쓰러져 가로놓인다 흰 개를 산책하

는 여자가 거니는 피의 정원을 얼굴에 탱크를 굴려간
듯이 오만상을 찡그리는 관저 앞의 가짜 마리아

구름, 폴리스 라인

천사는 구름을 잘라 셔츠를 해 입은 공무원 흐리고 흐르고 눈물을 머금고 흐리고 빛을 가리고 열고 새어 나가게 흐르고 가르고 무겁고 굳고 천사는 움직여 이미지를 흐르고 그리고 겹치고 물들고 빛에는 어둠의 어둠 없는 마음을 길에는 길하고 불길한 두 개의 안색을 한 번 더 흐리고 흐르고 굳고 열리고 멈추고 갈라지고 이미지와 기호를 흐르고 흐리고 껴안고 겹치고 그리고 놓치고 천사는 바닥을 잘라 바지 밑단을 접은 공무원 풀물이 든 서류봉투 속에 손발과 호루라기와 지치지 않고 돋아난 두 개의 귀 천사는 구름의 드러난 형상으로 사람들 사이를 금처럼 접혔다 열렸다 아무도 모르게 완수하는 흐릿한 미소 살며시 새어 나오는 흐리고 흐르는

불탄 숲과 헌, 재

그들은 싸우고 있었다 불타버린 숲이다 공포가 눈
구멍을 뚫고 나온다 순환이란 자기를 태우고 돌아가
는 구조다 화염을 새기고 돌아오는 이는 자기를 쉽게
말소하지 않는다 어떤 원한의 감각을 뿌린다 그의 뿌
리다

껍질이 벗겨지는 잠재성 아래 환각을 앓는 공기와
꽃 속에 시간은 싸우고 삶이라는 오랜 체계를 얇은 통
제 속에 순순히 내맡긴 가죽처럼 태양은 끝나지 않는
토치를 들고

그들은 싸우고 있었다 자연은 사회의 내면이란 걸
암시하듯이 이 모든 방향으로부터 밀고 들어오는 예
후들 우리는 길다란 관 위에서 하늘의 붉은 껍질이 벗
겨지는 것을 본다 이곳을 화택이라 하였던가 공란과
실재 사이의 얇은 경계

불에 타는 것과 물에 끓이는 것은 생살의 공감각 벗

겨지는 분홍가죽처럼 아우성을 치며 마른 손들이 뻗
어 나오는 숲이다 타닥타닥 존재는 투쟁 외엔 전진할
줄 모르지

불탄 숲이다 눈동자를 구제하느라 비극적인 신을
서로에게로 들여보내는 오! 신도 신앙도 없는 고요한
제단 아래 평등한 폐허 껍질을 벗기고 화상처럼 붉어
지는 오늘 일용할 공포와 양식이

우리도 모르는 우리의 최종 결정지로부터 우리 뒤
의 숨겨진 존재의 손으로부터

내란 수괴 윤석열의 즉각적인 파면을 촉구한다!

새벽 바다는 꿈틀거리며
새벽 바다는 펄떡거리는 활물

네가 목을 쥐고 한 손으로 내리치면
사방으로 튀어나가는 푸른 핏물

너는 계엄과 함께 프레스를 올려놓는다
나는 열 개의 목을 내놓는다

헌법 제77조 1항의 전시 사변도 아닌 때에
제76조 3항의 지체없이 국회에 보고하여 승인을 얻
지도 않은 불법의 불법의 불법을 자행한 너에게

나는 열 개의 목을 내놓고
헌법 제2장 제10조를 읊조린다
'모든 국민은 인간으로서의 존엄과 가치를 가지며,
행복을 추구할 권리를 가진다'고

너의 여자가 가두리에 가두고
작살을 꽂는 붉은 수평선에
나는 열 개의 목을 내놓고

너는 도마 위에 칼
너는 주검을 나란히 수거하는 도모하는 도마
나는 그 위에, 나의 가난한 선포를 올리고

촉구한다

헌법 제84조 내란 또는 외환의 죄를 범한
내란 수괴 윤석열의
즉각적인 파면을!

나는 열 개의 목을 내놓고
새벽은 바다의 것
바다는 새벽의 것
두 개의 등을 맞댄 하나의 심장으로

점점 더 거대해지는 전진으로
하나의 형체를 찾은
민주주의라는 공화국의 신체를

나는 열 개의 목을 내놓고
프레스 아래의 열 개의 손가락을 되찾고

글자들이 헤엄치는 새벽의 지느러미를
제각기 모든 다름의 바다에
나는 촉진한다

나는 헌법을 수호하므로
제21조 1항 언론 출판의 자유와 집회 결사의 자유 위로
제22조 1항의 모든 학문과 예술의 자유로

나는 촉구한다

내란 수괴 윤석열의 즉각적인 파면을!

나는 명령한다 모든 국민의 이름으로
내란 수괴 윤석열을 즉각 파면하라!!!

민주주의 4.4

날씨와 함께 가고 싶어
가장 긴 밤을 끌고

머리에 해바라기를 심고 싶어
손에는 프리지아를
뼈를 줄기처럼 대숲이 올라오네

앉으면 백산 서면
죽산이라는 그 말이려나
앉으면 응원봉 서면 깃발이라니

오! 울긋불긋
꽃들은 색깔을 나눠 주고
밤은 가장 깊은 꿈을 보태 줘

주권자 혁명이다

우린 날씨와 함께

차별과 착취와 절망을 넘어

우린 이상한 형태의
아스팔트 꽃을 피워
그 안에 비박의 꽃술이 오르지

노조 동지는 한 사람 한 사람이 노동법이라
그를 둘러싸고 노동하는 별들이 집결한다
청년은 시대의 내일을 촉구한다
민주주의는 피를 머금어 선홍색

날씨와 함께 가고 싶다
123일의 투쟁을 통해
역사는 가장 정직한 하루에 닿았다

해는 모든 시대의 봄을 따라
연대의 제일 끝줄에
5·18 소년들의 흰 꽃을 뿌린다

이것은 투명하고 빛에 섞이고
헌법 제1조의 앞에 선다

너는 몸을 흔들어
바람을 생성해
너는 가장 긴 밤을 끌고 와
가장 깊은 뿌리의 아래에 빛을 묻어둔다

피어오르는 것은
직접민주주의!

주권자의 명령이다
헌재는 만장일치 파면하라!!!

2

부

균에게

균의 집으로 가는 길은 얼었다 물은 육체 없는 육체
를 예시하려 풀로 엮은 집을 지나고 죽은 갈대는 역사
의 한 토막을 베끼는 가는 손가락 젖은 방향을 끝없이
흔들고

우리는 찢어질수록 더 무한해지는 풍경

구름의 자유를 능지처참이라 법령에 넣고 싶었을까
왕조의 입술에 흐르는 기름방울들 균의 몸은 둘러앉
아 누구의 만찬에 올랐는가

군불을 때 눋지 않게 오래 만진 마음이 지키는 곳으
로 종들의 겨울과 창자가 들러붙은 가난이 시간을 이
고 오는구나

파도치며 표면을 만드는 바다라는 결사 위로

균은 하얀 섬 같은 뼈와 붉은 혀 같은 해와

돌아보는 눈길 같은 잿빛 새들을 개발로 끊어지는
정신의 생가를
　여기 여기 지금 바로 지금 여기

　균의 집으로 가는 길은 얼었다 하나의 물방울은 고
정된 채로 더 큰 하나의 물방울을 응집하고 하나의 저
항은 하나의 순수한 변론으로 남는다

　시간은 무한한 각주가 되어 긴 강에 도열한 옛날 당
신을 지나고 당신을 합류하고 당신은 마침내

　균의 마음을 얻는다
　헌법 제1조 1항의 법령과도 같은

　풀로 지은 집 무쇠솥에 휘젓던 대동세상
　하얀 불의 물질성
　역사가 상상해 낸 가장 오랜 풍경 그런 미래의 공란
위로

윤핵관에게

당신은 주먹 쥔 손바닥 안에서 태어나 누군가가 매직으로 써 준 글자에서 태어나 사람이라기보다는 도구 같고 도구라기보다는 흉기 같은

당신은 글자의 때 묻은 자궁에서 태어나 가장 쉽게 발사하는 탄환을 쌍생아로 태어나 팔천 개 실탄처럼 누워 있는 준동의 잠재력 안에

당신은 가장 선두의 실탄 같은 은빛 윤 나는 발포 지옥의 핵심 관계자인 당신은 의회를 동결하고 부위별로 국가의 신체를 감금하고

오늘의 입과 오늘의 눈과 오늘의 심장을 오로지 하나의 글자에 바치는 허구의 제단

당신은 금속을 빚은 자궁 그의 여자가 탄피를 주우러 다니는 밤에 투명한 탱크를 밀고 하늘은 두 겹 세 겹으로 허리를 꺾고 핏기 없는 시간의 뺨을 맞대네

우리는 당신의 총구 안에서 장전된 특정할 수 없는 그 어느 시대였던가

우리는 서로를 바라보며 우리는 서로의 눈동자 속

으로 들어가 우리는 의회를 탈환하고
　　복면 속에 가려진 눈 코 입을 찾으러
　　죽은 자가 다시 픽픽 쓰러지네

　　그는 환상처럼 그의 겨울을 끌어와 다시 한번 동일
한 동작을 취한다 그는 주먹을 불끈 쥐고 그는 피켓을
들고 그는 불타는 혀로 글자의 자궁을 씻고

　　그는 말들을 말의 출발 이전으로 돌려놓고 그는 진
리의 빛나는 육체성으로 돌아온다

　　그러므로 오늘의 구호는 죽은 자의 입술 죽은 자의
맹세
　　죽지 않은 혼이 시간을 찢고 날아온다

　　잘 들어라 이것은 말이 아니다 이것은 살아오는 한
사람의 혼이다
　　너의 장전된 총구 앞에서 다시 살아오는 하나의 문장

전면에 가득한 혁명의 백서를 읽어라!

남태령에서

어두운 형체가 움직이나 보다 가장자리가 뿌옇게 눈보라가 하늘을 긁으며 내려온다 사립문이 열린다 신발 없는 섬돌 위 얇은 살얼음을 딛고 놋쇠 문고리를 잡는다 긴 밤의 새파란 잠을 깨우며

무명천에 버스럭거리는 겨울이 그를 호위했지 깨진 소반에 찬 없는 고봉밥을 올릴 때, 빈 골에 얼음을 깨며 찢어진 목구멍을 넘어오는 말

밭 갈고 논물 대고 볍씨 뿌리고 싶어라

진주 삼례 보은 예천 홍천 횡성 남접 북접 일만에 일만에 묻으면 곱으로 일어서는 희디흰 그 일을

봉두난발 풀어헤친 역사는 압송되더라 두 눈이 형형하여 자기 극한을 끌고 가면서 빛은 곧나니

부러진 게 아니더라

우금티 피떡처럼 엉킨 일도
한성 땅 수괴로 교지를 받는 일도

빛은 참형할 수 없는 것이니

알감자 고구마 땅을 열고 구르며
수수 보리 귀리 잡곡 하늘 열고 열리며

그의 굳은 뼈는 기계가 되고
그의 무른 가슴은 천지를 선도해

언 땅에 볍씨 하나 흔들리며 살아오는 일

어디서 봄내 흐르고
모판을 내고
까끌한 초록이 서로의 기적에 놀라워하며

그의 꺾인 팔다리는 트랙터가 되고

그의 흩어진 숨과 살은 땅이 되고

사랑은 이 모든 것을 기억하는 씨눈이더라

안광을 돌려주려
남태령을 넘는다

이것은 오래전의 약속
엘이디(LED) 야광봉 격문의 노래를

사발통문의 해를 누가 여는지
새벽의 씨앗은 어디에 뿌려두었는지

밭 갈고 논물 대고 볍씨 뿌리고 싶어라

살아난다면
농사짓고 싶어라

언 입술을 열고 사랑아, 너의 가장 뜨거운 몸속으로
들어가고 싶어라 하늘에서 희끗한 것이 자꾸 바닥을
긁으며 지나가나니

의사당 앞에서

흙도 뿌리도 없이 중심을 자르고 나는

공중에 심었다 나를

팔딱이는 뜨거운 것을 붉다고 인식한다 오므렸다
펼쳐지는 불의 테두리를 나는

꽃잎이라 가리키는 손가락을 나는

인식의 하부를 지탱하며 오르는 철사를
목소리의 선언이라고
그것을 절차적 민주주의라고
죽음과 대등한 하나의 쉼표라고 발언 중인 침묵이
라고

수은주의 눈금 아래 알사탕처럼 얼어가는 눈물을
그 안에 눈동자를
지구의 흙과 중심을 끝없이 지시하며

하얗게 실뿌리가 번져가는 겨울 입김을 본다

공중에 어리는 꽃이라는 충동을

우리는 실현하기 위해

하나의 탱크 앞에
하나의 전차 앞에
하나씩 산탄총과 폭탄과 정맥 같은 파란
파탄의 발사포 앞에

의회당 담장 앞에 대의 민주주의의 각 1초 앞에
내란의 시스템 앞에

수괴의 참수한 머리처럼 고독하게
죽음과 피와 목소리가 섞여 있는 단 한 줄의 역사
처럼

나는 불타는 머리인가
인간은 감히
장미와 아름다움을 다투는가

대지의 기나긴 투쟁의
면도칼 같은 한 줄 위에

질문한다 역사는 시인가

한 꽃송이의 장미에
의미는 복무하는지
투명하게 사라지는 군중의 시간 위로

어떤 순간은 영원히 붉은 한 점
우리들은 잠시 그것을 대의한다

계엄의 성탄

눈과 재로 뭉친 사람들 이제 서정은
흑백필름의 시대인가 시간의 혼은 빠져나가고
눈과 재 사랑은 서사가 훑고 간 진흙 길에 엉킨 날씨
의 시뮬라크르

들여다볼수록 낡아가는 손과 팔다리의 몸을
다큐 영상 속에서 돌처럼 무겁게
습설은 공간을 찢는다

의사당 돌벽 아래를 휩쓸리는 특전사들의 네 개의
눈 위로 빈 칸을 지우고 이어 붙인 느닷없는 비명의 출
몰 위로 신원을 알 수 없는 눈과 재와 사랑으로 빚은
형체들

탁아소의 나란히 잠든
부모 없는, 원죄 없는 무결처럼

얼굴을 소각하며 내려앉는 눈과 재와 이브의 소포

꾸러미
　　우크라이나는 드론으로 찍은 카드를 보내오고
　　고요하다
　　평화롭다
　　루시퍼, 나와 당신을 대신하는 머나먼 대리전의 소
식이 캐럴과 함께 내일 아침 태엽을 풀며 깨어나겠지

　　그 어떤 것도 태우지 않고 오직 자신의 몸만을 태우
고 케이크 위에 소량의 재를 바라보는 가늘고 얇은 병
약한 왜소의 신처럼
　　한 단위라고 부를 수 있는
　　최소의 가족이
　　둥글게 지구의 둘레를 따라 해보다
　　일제히
　　자기를 소등하는

　　크리스마스이브, 내일 우리에게 배달될 성탄
　　눈 안의 전쟁을 끌어 담고 슬픔의 동시적 시선을 만

든다
　눈과 재와 내가 사랑한 사람의
　어느 날
　어느 때
　함께 스러지며 바라보던 그 눈과 눈과 눈 사이의
　흐리게 흩날리며
　총구 위로

　죽음은
　내가 아는 사랑의 얼굴로 드론처럼 응시를 남기네
　몸을 지우네

　눈과 재와 바라보면
　심장이 생겨나 돌아다니는 겨울의 팔다리들
　그럴 거라고 믿으며 열심히 지구를 굴리는 소년병
처럼

　우리는 서로를 심각하게 둘러보며 원본의 힘을 굴

려가리

　눈과 재
　반투명으로 지워지는 존재의 최종을 기억하노라

　날씨의 감정으로 돌아와 흩날리는 늘어지는 테잎의
복음을 온몸에 휘감고
　서로에게 소리쳐 증오의 물질을 뭉쳐서 내게 던져
사랑아 너의 서사를 눈과 재를 뭉쳐
　뭉치는 힘으로 돌아와

　우리 그렇게 소멸하자 소멸이 정결임을 입증하며
서로에게로 투신하며 눈과 재

내란 부역민

역사의 흙을 덜어
오늘의 가묘를 쓰는 사람들

가짜 선지자를 연단에 올리고
시대를 뒤섞어
반짝이는 것만 추출하는
시장의 야금술사들

송곳과 니퍼와 망치와 재단기를
부착한 음모의 기관들
움직이면 신체처럼 와해되는
체제의 고문 기술자들

날수와 시간을
스스로 변환하는 개인 법전을 긴
일그러진 정의의 입법자들
단 한 명으로 이루어진 국가에 복종하는
그리운 노예들

살과 뇌를 구분 못 해
벌건 에고(ego)를 드러내고 다니는
하이브리드 이드(id)들
엉켜 있는 한 평 분의 덩어리들

지성 대신 괴성을
이성 대신 이단을
삼위일체를 위해 세 개의 조국이 필요하지

집단을 파괴하기 위해
집합 명사를 사용하듯이
사랑을 증오해
사랑의 안쪽을 파먹어

눈 속에 푸석한 재가 흩날리네
기다려도 오지 않은 것들
가장 멀리까지 가서 태워버린 것들

태양은
가장 캄캄한 것을 제 속에 파묻는다
어떤 빛은 증발한 눈물이지

각혈하듯이 각하— 각하—
지구는 찰과상을 입으며 하루를 지나고

너는 아직 있지

거대한 스크린에 영화가 끝나고
우르르 일어서

백색테러처럼 머리를 지우며 날아가는
결코 도달하지 못할
빛
구부러뜨리며, 짓밟으며, 서둘러 너의 무덤 속으로

지식인 파쇼

너의 진리의 뿌리는
령과 령부인의 관계

플라톤의 각주를 붙이듯
시간의 조각을 붙이고

진실은 우리가 모르는 저기
잡히지 않는 매일의 하늘에

한 방울 진리의 진딧물을
온몸에 현시할 날을 기다렸지

원한에 사로잡힌 동물령처럼
형상을 찢으며

마침내 자기 죄를 은유로 봉할 때를

매번 밤을 바꿔 문지방을 넘는

아랑의 분명한 얼개를 짜고 싶지

분석하기 위해 먼저 죽였다
대숲의 증언이여

실패 없는 사랑을 하고 싶지
보상 없는 노동은 싫으니까

권력이 그에 준하는 시대를 만들고
이데아를 다른 층위의 관료로 배치하고

시계의 톱니바퀴를
명단에 올리고 싶지

째각째각
쾅! 터뜨리고

세계는 음파로 존재하는 범고래

사태의 입자들이 찢어지는데
경고성 폭발일 뿐이었다고

너는 아랑의 찢어진 얼굴을 들고
매번 돌아오는 원님의 이야기를 짓는다

그리고 너는 본인이 등장하는 페이지를
언제라도 재구성할 수 있다

중요한 건 서사가 아니라 강도니까
예측 가능한 고랑을 파고 싶다

미지를 통제할 사건의 배아들을
앞발의 권력에 일임하고 싶다

판관은 허공에 판서를 한다
령과 령부인의 관계속에

이야기를 사 주는
비진리의 주머니에

너는 우글거리는 구렁이처럼
자기를 까고 자기를 번식하는

령과 령부인의 관계 속에
죽창을 들고 걸어오는 대숲의 바다에

터져버린 붉은 부레
너는 부글거리는 거품, 이데아의 이데올로기

대전 유토피아

이제 너는 보여주지 않을 건가봐 문이 닫힐 때까지
끝까지 흔들던 그 틈을 칭얼거리는 빛으로 막고 검정
야구점퍼로 입혀 놓은 네 우주는 더는 보여주지 않을
건가봐

분홍색 작은 여자아이의 인형 같은 세계 속눈썹을
깜빡거리면 벽 뒤로 숨은 것들은 바로 바로 물질을 들
고 등장하지 너는 미미 쥬쥬 이름을 붙이고 가장 힘센
어른은 슈퍼맨이고 빨간 딸기를 딴 듯이 교실과 방과
후의 숲을 오가지 늦기 전에 오후의 음계를 밟고 온갖
도형이 자기를 놓고 기다리는 모험의 도화지 위를 아
직 구분되지 않는 언어와 색깔의 층계를

너는 손발이 잎사귀와 겨루는 중이니까 오뎅 떡볶
이를 먹어도 풀냄새가 나지 투명한 막처럼 감정이 다
비치지 언제 읽은 동화가 꿈속에 펼쳐진 채로 살금살
금 돌아다니는지 세상이 몸처럼 친근해 너는 자꾸 안
녕 인사를 하고 싶고

네가 딛지 않은 땅들도 숫아나 공주님 공주님 그렇
게 부르는 너의 바깥은 온통 너의 사랑 그러니까 너는
무엇이나 교환 없는 소유 제일 좋아하는 옷을 입으면
하늘에서 손이 내려와 은실을 박아 주는 너는 네가 숨
긴 너의 구단

더 이상 보여 주지 않겠다고 결심했나봐 검은 벽을
제일 멀리 세워두고 그 안쪽에 물이 노래하고 춤을 추
고 공기와 얼음과 기후의 입술을 한 번씩 루즈를 칠하
듯 입었다 벗듯이 세계가 자기의 의지를 갖는 최초의
오두막 오직 아름다움으로만 진화하는 무구함을 기억
하려고
너는 네 앞의 시간을 끝없는 풀밭과 풀밭을 망치는
양떼들로 풀어 놓았어 모니터에 띄운 창처럼

전력을 끊으면 사라진다 해도 이미지의 환경은 멈
추지 않지

겨드랑이에서 구름과 날개와 양들을 사이좋게 나누
는 유토피아

너는 기도를 모은 손끝에 맺히는 기도의 눈동자 깜
빡깜빡 홀로그램을 흘려보낸다 실밥처럼 틑어진 지옥
과 지옥의 이음새 그 안쪽에 가늘게 기울어지는 한 사
람의 간격을

계엄의 밤에

이런 시는 프로파간다 같지
가령 너의 얼굴을 본 순간
거기 나의 운명이 있다는 걸

그게 조국의 얼굴이고
그는 흙빛의 얼굴이고
그는 체포조 명단 속에

이렇게 쓰면 우스워질까
낡은 선동시를 쓰듯 과잉 같을까

미루고 미룬 순간이
사방에서 걸어 나와
내 곁에 미래가 번지는데

그때 바들거리며 잡은 운전대
와이퍼를 닦듯이 눈물을 훔치며
전속력으로 달려가야 할 벽 앞에서

지금 바로 와달라는 말
함께 지켜달라는 말
처절한 연서 같은 민주주의라는 말

너의 얼굴은
모든 운명이 그려 넣은 집합적인 비애

미로 같은 길들이 몰려든 공중의 공터에서
우리가 기다려 온 광장의 마주침
우연의 옷깃 같은 밤을 잡고

빛 하나를
얼음 속에
피켈에 찔린 어느 화합할 수 없는 무신자의 선언
속에

다시 보았다면

미래의 약속을
사랑은 정치적일까 사랑의 얼굴은 개인을 넘은 연
속성을 갖고

이 시는 공중에서 삐라처럼 뿌려지겠지
고백은 고해와도 같겠지
버려진 공터에 빛나는

야광봉을 든 소녀

우리가 모여서 회합하는 시간
생활이 물처럼 말들에 올라타
반짝반짝 물결 일으키는 시간

무해하고 무의미한 물돌처럼
수긍하듯 살살 마모되는 시간
어둠이 내부로 춤추듯 들어와

네가 웃을 때 슬픔도 무늬처럼
절벽을 밟고 서 있는 꽃처럼
우리는 투명한 사건의 둘레에

움직이는 모든 것은 빛이며
빛나지 않은 모든 움직임은
우리가 발견하지 못한 우리

'다정하다' 너는 아무 뜻 없이
한 마디의 감각을 가르치네

방 안의 스위치를 올리듯이

우리는 봉지처럼 몸이 부풀고
우리는 전류처럼 내부를 보네
우리가 모여서 마음이 되는걸

우리가 모여서 발명하는 것들
영원을 입자처럼 가지고 놀며
우리가 모여서 빛이 되는 시간

다정하다, 이게 맞는 말인지
가장 먼 우주의 낯선 별무리
너, 집, 책상, 거리, 민주주의

손안의 작은 행성

손끝에 시선을
눈 끝에 감촉을

공기의 소용돌이 속으로
나선의 팔을 휘돌고

너는 신으로부터 가장 멀리까지 튕겨 나간 빛의 영토
숫자와 숫자 사이에 너는 하나의 표결로
끌어당겨 세계를
미는 거야 미래를

내란의 바이러스가 의회에 퍼지고
검찰이 헌법을 조롱하고
최고의 통치 기능이 발포 명령이라는
파쇼의 법치 위에

불빛의 기원을 내려놓고
입을 씻고

눈을 씻고
너는 촉구한다 개별자의 인화성으로

한 어릿광대가 얼굴에 비굴의 아스팔트를 깔고 단
상을 짓밟고 심장을 대의하는 언어들이 두 갈래로 찢
어져 우스꽝스런 팔뚝을 휘감을 때

의회는 주권자의 것
하얀 소리의 폭탄이

블랙의 C4를 뒤덮고
한 줄의 명령을 중지할 때

연초록의 뱀 하나가 자기의 세계를 굴복하는 영상
을 시청하게 될 거야
우리는 촉진하지
승리의 표지를 목에 두르고
한 사람의 얼굴로 돌아오는 만인의 오늘을

물고문 전기고문 살인과 조작 속에 돌아온
풀처럼 여리고
순결한 피부의

신이 고백한 사랑이 말들을 줍는 밤에

알루미늄 흉기의 붉은 자국이여
계엄의 노끈에 묻어 있는 비명의 살점이여

적들이 비상조치를 취할 때
적들이 목소리의 거대한 집합성을 틀어막을 때
의회의 단상에는 신이 게운 투명한 물

역사는 하나의 방향성이라고
그는
하루의 일상을 말없이 수행하고
연초록의 타이를 매고

그리고
위헌의 담을 넘어
의사당 단상에 올라

오늘의 배반을 돌아본다 밀랍으로 봉인된 관 속처
럼 두 개의 뱀굴처럼 뚫린
이제 곧 껍질을 벗겨낼

비진리의
진리성을

손끝에 세계를
눈 끝에 미래를

그는 둘러보며 그는 조용히 죽음에서 올라온 혀의
발언을 시간과 장소와 사건의 옷을 입혀
한 사람의 발언으로 세워놓는다

지구는 평형을 위하여
얼마간의 악을 끌어 모으는가

말없이 껍질과 튀어오르는 빛의 요소들을 분리하고

춤추는 은하와
상처와 신성의 영원한 융합을

너로 하여금 흔들게 해
너로 하여금
이 모든 것의 세계로 이 모든 것의 미래로

너의 손끝이
너의 눈 끝이
우리를 굴려가려 해 빛이라는 작은 행성을

B

관점에 따라서는 그렇게 보일 수도 있을까 바다를
사회의 불안정성에 비유하자면 파도는 통제의 대상이
라고

광포한 것은 지성의 비명이 아니라 경찰국가의 등
장을 예고하는 타당성이라고

당신은 어떤 부끄러움이 있어 태양의 효수를 언도
하는가

우리가 몸으로 한 줄 한 줄 써간 텍스트들이 자기 몸
을 찢으며 내려오고 우리는 피와 숨을 보태 다음 장을
써 올린다 이것을 읽으려면 이것을 찢고 자기 몸을 글
자에 섞지 않으면 살아있는 텍스트를 가질 수 없다 진
실은 숨이 붙어 있는 것이니까 그것은 살아서 사람 사
이를 떠돌고 그것은 하나의 몫을 요구하고

두개골 안에 스파크가 튕겨져 나가며 빛은 압도하
며 등장한다 언어는 언어로 결집하기 이전의 강력한
충동으로 자기의 미래를 전사하고

슬픔이 분노로 변하는 장을 바다라고 하자

신정국가 놀이를 하는 꼬마 병사가 허구의 페니스
를 휘두르며 금지 문구를 쏟아내는 2024년의 어느 하
루를

오른편에 시바스리갈 왼편에 물고문 역사의 페이지
를 펼쳐놓고 가운데는 콘크리트 로컬라이저 새들이 얼
굴에서 퍽퍽 터지며 쏟아져 내리네 하얀 골수가 하얀
고문 같은 밤의 감촉이 계엄 총구의 일그러진 입술이

관점을 달리하면 영도적 지도자의 모습으로 비치는
걸까
서서 죽은 이들의 관을 세워 위장 속으로 꿀꺽꿀꺽
진흙탕에서 건져 낸 새파란 장미를 식탁에 데코 하고
산 채로 송곳을 찔러 한낮의 배를 가르던 미식가의 만
찬을 펼쳐놓고

관점을 달리하면 가능한가
당신은 몇 번째 웨이팅 라인에 서서 초대표를 들고

우리가 하는 말을
우리에게 돌려준다

혼을 빼놓고
탄알을 채워

비명 소리를 지를 때마다 우리가 우리에게 발포되
어 날아가듯 우리가 아비규환이 되도록 우리가 우리
의 심장에서 서로를 죽이듯 평화를 만들기 위해 상처
를 선험적으로 선택한 푸르른 멍들의

감전당한 존재의 비늘이 팔딱거릴 때마다

당신은 거꾸로 말한다

당신이 피 흘리고 있노라고
당신은 바다의 전체주의에 연약한 지성의 등불을
들고 있노라고
당신은 물로 빚은 십자가에 거꾸로 달리기라도 한
듯이

우리가 허상의 괴물을 기획하여
당신을 포위한다고

당신은
죽은 새를 손에 쥐고
흑판에 하얀 피의 수평선을 그어 본다
이만큼의 자유를

당신과 당신의 56킬로그램의
장어들이 우글거리는
태양의 모사적 공간에

거대한 물의 공포로 만들어낸 형상을
결사옹위하는

당신만이 숨은 신의 거처를 안다는 듯이 혹은 모른
다는 듯이 육체의 전체를 모두 익사시키고 욕망의 어
깨에 올라앉아 그 작고 비루한 고무호스 같은 알량함
으로

관점을 다르게 하라고
목소리를 부러뜨리라고

관저 앞

입에서 항문까지 한 개의 호스로 이어졌달까 원생
생물처럼 거꾸로 놓고 보아도 기능과 기관이 동일하
다 세계를 음식으로 인식하는 입 구멍과 똥구멍의 입
장에서는 교살하다와 교사하다가 동의어이며 고문 도
구처럼 쉼 없이 일그러지는 어둡고 축축한 식도는 그
자체로 중세의 지하로 연결되었고 벙커는 삼천 개의
셀들로 나뉜 괴물의 위장 같다 그는 사람에게 충성하
지 않는다는 표어를 휘두르며 사람을 한 줄씩 눌러놓
은 조항들을 뇌 속에 풀어놓고 핀셋으로 자유와 정의
의 글자를 집어낸다 그것으로 자기만의 초현실적인 국
가를 만들고 자기 법령의 통치를 수행하기 위해 가장
오염된 영혼을 거래한다 그들의 최대 숙주를 자처하
며 입 구멍과 항문에서 흘러나오는 배설들이 음탕한
오라클처럼 세계의 그림자를 껴안고 돌아오길 숙주이
며 기생충인 하나의 현상 앞에 환상의 지분을 나누고
싶어 피가 나도록 온몸의 욕망을 긁어내지 이곳 말고
저기 위의 그 어떤 곳 중독과 초자아가 벗고 뒹구는 곳
십이지장충 요충 편충 지구를 몇 바퀴나 감을 만큼 긴

빛보다 더 확실한 것은 눈앞 몇 인치의 쾌락 입 구멍과
항문까지의 즉각적인 연대를 양으로 전환하는 허무를
맛보고 싶어 하지 실재인지 싸지르고 싶어 하지 비뚤
어진 검은 입술 잔인한 맷돌 같은 틈으로 끝없이 그것
이 천부인권인지도 모르고 줄줄이 갈려 나오는 수천
수만 마리의 비인간들 아스팔트 위에 장어비가 내린
다 그 자체를 하나의 체제라고 선언하는 입 구멍에서
똥구멍까지의 붉고 기다랗고 아우성치는 리바이어던,
시간은 실패를 질료로 하여 눈감은 꽃을 던진다

변절

   혁명은 청춘의 브랜드였나 게바라 셔츠가 불티나게
팔리고 오로지 레닌의 아르망이고 싶어 일만 년 동안
그치지 않는 우기의 주민이 되기로 해 연애는 나르시
시즘의 결정적 순간에 영혼을 팔라고 신체 포기 각서
를 디밀었어…… 난 응했지 그것이 세계관인지 연서
인지 모를 자보를 붙이고 벽시를 쓰고 혈서도 몇 번 쓰
며 혁명의 상징적 부산물로 살아간다는 자의식과 죄
의식, 이게 등치된다는 게 부등호의 방향이 달라지며,
어라, 이게 말이 되네 새로운 마스크를 유통하며 시장
에는 게바라가 낡아가네 건반 위의 열 손가락도 밀림
의 은유로

   시선은 고정되고 시야는 고도의 물적 속성을 갖지
당신이 본 꽃은
세계가 사건과 합의한 곳, 불특정의 뿌리를 갖고
십 센티 잘린 채로 수출된다 만국으로

   노동자여

주체를 위해하는 스크럼이여
강경진압이 좋겠다는
점사가
언도되었다
우리는 입으로 말하지 않으며 먼지 쌓인 명태의 입
벌린 주술로
하나의 방향을 가리킬 뿐이지 법은 인간이 아니니까

백 마리의 쉬파리를 날리면
날아가 앉는 곳

드론을 띄우고 헬리콥터가 24시간 눈 뜬 시민의 동
공을 갖다 붙여도
보이는 것이 다인가
스스로에게
왜라고 질문해보라고 기이한 산파술이 출현하는

목숨을 걸고

극단의
표정들

다만, 인간과 그에 더불어 토리와 마리를
3성 장군의 계엄의 별자리를 하나의 혁명의 양상이
라고 한다면
몰락하리
기필코
영혼이 품은 희고 빛나는 드높은 둔덕

얼굴을 바꿔 끼는
줄리가
개를 산책하는 곳
사랑은 비참해 언제나 타도할 오늘이라서

게바라는 용납지 않지 내일의 내일을 목둘레 누런
쥐 오줌의 셔츠를 휘날리며 정신의 반경 2백 미터 밖
까지 튕겨나간 혁명의 유해물을 끌어모은다 찌그러진

캐릭터와 긴급 지침서가 담긴 페이지를 펼쳐 들고 모
든 공간에서 동시에 우는 고통의 아르망 네가 배반한
사내의 이름을 불러보라 저 불타는 검은 돌덩이가 연
인의 심장이라 지목하지 못한다면 너는 순수한 가짜,
신은 무력하여 자기를 말소할 뿐이지 몸 없는 손가락
들로 실패가 힘이 될 때까지 우리는 펄럭이며 뜨거워
지며 연인을 찾아 헤매며

　이 기나긴 동선을 민주주의라 이름한다

　사랑이 존재한다면
　자기를 거수하기를
　한 꽃송이가 꽃의 전체를 입증하듯이 불타는 이 환
멸 위로

　서로의 심장에서 피어나는 것을 마주하기를

　놀라워하며

서로의 외부를 회전해오고 있기를
사랑의 가장 두꺼운 둘레를 가장 무지하게

발음할 수 없는 연인의 이름으로 시대의 유행에 박
자를 얹듯이 유행하는 시대의 음악이듯이 역사는 허
밍하며 자기를 주도할 하나의 리듬을 기다리지

그것이 하나의 이름이 아니어도 좋을 때까지

우린 서로의 리듬에 섞여 유행하는 게바라와 레닌
과 그의 아르망
서로의 불타는 입술을 선점하기로

우리는 망치는 자의 몫의 서로에게 보태진다 그러
니까
우리는 더디게 서로를 완수하기로 기나긴 우기와도
같은 어떤 문장을
오! 새파랗게 펼쳐지는 시간의 뺨 위로 묵묵히 다음,

다음 동작을

너의 목을 원한다

너는 어느 자리에서도 조망하기 힘들다 남산 공원
에서도 한강진 육교 위에서도 빙글빙글 돌아가는 난
시의 교차로와 주체를 받는 대상의 배열 속에서도

너는 희디흰 데드마스크 같은

동시대의 감각으로는 비참한 오늘을

너는 이마와 뺨에 뿔처럼 직각의 외부를 덧댄 참호
와도 같은 얼굴로 너는 피부를 면도날의 의지로만 드
러낸 비밀경찰의 새파란 구령 같은 죽음의 텅 빈 거울
안의 기이한 아침 빛을 되쏘며

너는 한눈에 조망하기 힘들어 우리에겐 시간과 지
층처럼 눕혀진 우리들의 패배가 썩은 살처럼 제 꿈을
그러안고 있는 하루의 뼈마디가 피 흘리지 않으면 오
늘 일어서지 못할 한 사람이 필요하다 그의 전선이

자기를 경호하라고 헌법을 찢으며 칼자루를 쥐여
주며 배후의 얼굴이 떠오르는 무지막지한 지도 위에
  희디흰 석회와 대리석과 아홉 줄 방탄의 등뼈처럼
퇴화한 이빨로 부드러운 살만 탐하는 식성으로
  총을 쥐여 주며 만찬에 한 자리를 빼놓았다고

  식물 같은 심장으로 자기를 휘감으라고
  제 굴 앞에 의무 복무하는 천사들을 반쯤 파묻어놓
는 범죄의 일람표를 가리킬 때

한눈에 조망하기 힘들다 너는
몸을 구부리면 한 알의 탄환 같은
펼치면 몸길이의 3분지 2가 생식기라는
아홉 띠 아르마딜로

등가죽을 벗겨
울림통으로 쓰면
몰살된 종족의 음악이 흐른다는

공기에 섞인 선연한 꽃빛

　너는 한눈에 조망하기 힘들어 우리들은 가장 긴 전
선을 휘감아
　우리들은 빛의 광섬유 다발로 미래의 눈을 만들지

　꽃을 들고 간다
　이것은 누군가의 이름이며
　이것은 누군가의 귀환이야

　아주 옛날부터 자기를 실현하기 위해 기꺼이 모든
죽음을 껴안았던
　광장으로부터

　조망하기 힘들어 우리는 한 줄의 센텐스를 긋지 너
의 신체는 눈과의 분리로 떨어져 나가고 우리는 한 송
이의 꽃을 획득한다 목 없는 화병으로부터

서울 구치소 수감

가난한 아이의 성가처럼
상상의 굴뚝에 내려오는 산타처럼
손바닥만 한 기도를 펼쳐보시고
하나님이 악인을 제자리에 꽂아 주듯이

우리가 얻은 한 뼘의 정의로
우리가 가둔 한 줌의 유황불

신 없이 빚은 겨울의 노동처럼
계엄의 밤이 지나가네
서울 구치소 수감이란 말
참 아름답게 느껴진다, 그치?

뒤늦게 끌러보는 성탄의 선물처럼
뒤늦게 언도된 수괴의 수감이란 말

늙은 폭도

행위를 따라하며 그들은 나무의 뿌리를 자기 앞마
당에 옮겼다 잎이 찢은 바람 가지가 부러지며 가리킨
방향 열매의 피 묻은 비유를 스타일리시하게 배치해
서 호송차 앞에서 백팩을 맨 저 늙은 여자 국기를 흔들
고 성조기 그늘 아래 건곤감리 흔들고

만국의 우익이여 단결하라
'스탑 더 스틸' 80년대 몸뚱이 하나밖에 없는 청춘의
아스팔트 스크럼을 표절하는

문장에도 욕망의 찌끼 같은 콜타르가 묻어난다면
어떤 후일담도 남기지 않으리

딱딱하게 굳은 피부와도 같은 너의 의지의 준칙은
엠 프라임을 향한
엠들의 투명한 맹목성
우리가 딛고 있는 땅은 아름다울수록 근접한 죽음
이었지

유리 다리처럼 발바닥 밑에 붙어 있는
공포 뉴런

실뿌리를 뻗어가며 상상의 나무를 만들 수 있지
　어떤 육체성으로도 만지지 못한 숲을 (이때 사건은
마술적 포즈를 취한다)

호송차를 막아서며
정당한 저항권이라는
육체 없는 목소리를
연출뿐인 연기를 늙은 여자로 하여금 감내하게 하는

권력은
반복적
운명은
기획적

그것은 국가를 닮았지 영혼을 포함시키려 하면 비

극이 되는

배경 없는 숲이 전개된다
그 자신을 숲이라고 인식하는

어떤 맹아의
썩은 지점에서 번식하는 버섯처럼

아름다움이라는 질문의 전체가 포기한 기이한 의지
가 포자를 날리며

이걸 먹을 수 있을까 버려야 할까 엠 프라임은 고뇌
한다
얼만큼 먹힐까 숲이라는 암시가

단독의 씨앗 하나를 통제하는 잠재적 정원에

돋아난 풀들마다 입을 대는 염소처럼

육체는
펼쳐진 역사를 카피하면서 하나의 행동을 따라하며
닿을 수 없는 방향선 안에

다만 궤적에 참여할 뿐이지

순간의 접합처럼
빛나는

한때의 있음을

결정의 나무를 발견의 우연한 지속을 명백하게 입
증하고 싶었던 거지

늙은 여자의 백팩에 꽂힌
비루한
생물학적

미래로

그는 조용한 프라임을 분배하지 행위를 따라하며
문장을 표절하며 의지를 파먹힌 발생처럼

함부로 서로에게로 무너지며 거기서 일어나며 의지
와 무관한 깃발로 나부끼며 삶은 오로지 깃발의 나부
낌을 흉내 내는

하나의 극한을 기다려 온

기나긴 죽음

그것이 죽은 포자라 할지라도

숲이라는 암시 속에 잎을 내고 팔다리를
하늘을 펴고 잎들을 나무를 반복되는 환멸을

오늘 늙은 여자는 저항의 힘으로 출현하고 싶지 알
수 없이 반복해온 거대한 지하 회로에서

단 한 번의 잎사귀를 흔들고, 꺾이고 짓밟히고, 넘어
서고 싶은 거야 세계의 표절을, 표절할 수 없는 단 한
번의 행위로

형의 출현

그 사람은 약간 긴장하고 자기 몸에 새겨진 빗금을
찾아보는 기색이다
겨울바람이 파르륵 손마디를 감는다

그의 표면은 짚불이 막 지나간 재와 같은 표정이고
겸연쩍게 나를 바라보고

마치 내게 불꽃이 있기라도 한 듯이

아주 멀리 던진 미래가
눈앞에 도래했다는 듯이

그는 점검 당하듯이
그는 구차한 몸짓으로

남은 불을 마저 끄듯이 공간을 찌그러뜨리고
그는 불빛이 새어 나오는 쪽으로
영원히 의탁하듯이 하나의 단어 앞에서

그는

내가 고백하는 사랑의 몇 가지 가능성에 발발 떨며
시간의 부러진 뼈마디를 맞추고 있었다

너무 오래 구상해서 실현하면 오히려 과거가 되는

미지의 몸을 들고
그는 죄송해하며

쏟아지는 점들이 동선을 이으며 모든 빗금을 몸 안에
가로지르며 떠나지 않는
오랜 회한 같은 모월 모시 꿈속에서 피어나는 모월
모시

그 사람은 누군가의 환영 속에서 불려오는 계시를
낯설어하며

자기가 만든 꽃을 자기가 들고 있듯이
공중의 탁자 위에
나를 떠올리게 하고

마구 빚은 초벌구이 화병 같은 순진함이
우리가 이해하는
서툰 혁명을 담아 주기만을
명명되어 주기만을
자기를 말끔히 다 지우고 걸어나가는 빗금을 불가
항력을
최초의 원인으로서의 감정이 탄생하는
순서를

서로의 불화 앞에 짚불처럼 끼워 넣기를 번뜩번뜩
몸속에서 내려치는 기색이었다
자기를 태워버리고야 마는 밤이 벌판처럼 파괴의
방식으로
도달하는 빛처럼 혹은 그 반대의 연산으로

사랑이 다르게 물어오기를 요청하고 있었다

서부지법

민주주의란 유리로 된 집이란 걸 몰랐다
의회의 창을 깰 때도
선관위 서버를 탈취하려 할 때도
피 흘리는 집이 있다는 걸 몰랐다

그것은 역사의 샹들리에처럼 보였고
공유지의 가로등처럼 보였고
약속된 잽들의 주고받기처럼 보였다

민주주의는 피 흘리는 피부란 걸 몰랐다
소화기로 내려칠 수 있는
투구 없는 머리와
취약한 형태로 균형을 맞추는 피로한 문패
자기 파편을 타일처럼 붙들고 있는

피부는 잠재적 사건들의 얇은 징후처럼
붉은 물을 흘리는 오후
풍경이 말소되는 밤이 오면

자기를 깨보려는 위험한 충동에 시달린다는 사실을
몰랐다

그때
빛은
반복적 광기로부터 쏟아져 나오고
전면적인 시간의 압축을 폭죽처럼 터뜨리고자 하는

밤의 화단에
한 사람의 망상에서 환영을 옮겨가는 균열들을 안
간힘으로
메우고 있었다는 것을

그때
죽음은
기다려 온 소식 같고

자기를 발산하는

충혈된 눈동자가
자기의 신체를 전시하고 있다는 것을

나이프를 찔러 밀봉된 봉투를 열 듯이

자기가 써둔 예언을
멀리서 온
답장처럼 읽기를 원하며

민주주의는 자기 죽음을 애도하는 미래의 손님이란
걸
고쳐쓰기 위해 언제나 자기를 찢으며 등장하는 선
언문 속에

흐르는 투명한 눈물이란 걸
길게 응고된 채로 흐르는
공간뿐인 신이란 걸

몰랐다

빛은 오독하기 좋은 창을 붙잡고 깨짐과 깨어짐의
사이에 낀
투명한 벽과 같은 사랑임을
네게 보이려고 유리를 통과하고 네 살에 가 박히는
한 조각의 건축임을
민주주의는 우리가 만질 수 있는 가장 희미한 피부
라는 걸 몰랐다

지키지 않으면 사라지는 지구의 가난한 몸이란 걸

음모론

　배후는 누굴까 신부 화장을 하고 백골단을 묻히고 온 의회의 마녀일까 빠루를 든 탁자 위의 나, 르시시즘일까 쿠데타와 친족도를 그린 표몰이꾼일까 90도 꺾인 절을 받아먹던 구름의 사제일까 침을 튀기며 바이러스를 퍼뜨리는 내란의 창일까 그의 열혈 구독자일까 밤을 덮는 긴 속눈썹의 그이가 뿌려주던 까실한 모래잠일까 계엄을 은폐할 유사어를 찾아낸 그 교수의 그 계몽주의일까 모든 포즈를 다 카피해 본 후에 도달하는 파괴의 춤일까 탬버린일까 음모의 털을 뽑아 끊임없이 군사를 제작하는 OB의 사열일까 그의 니퍼와 야구방망이일까 보상받지 못한 인생의 그 쓸쓸함일까 앙금 같은 모욕감일까 유리와 벽돌과 서버의 잔해를 법치주의의 몰락이라 가리킬 때 한 줄에 한 개씩 바친 흰 양초같은 목숨을 점화를 기다리는 빛들을 일거에 불어 끄는 그는 누굴까 검은 망토를 걸치고 역사의 문턱을 넘어온 그는 세포마다 악을 쓰는 얼굴로 변환하는 기다란 그림자의 시간은 누구의 꼬리를 물고 있을까 시작부터 어퍼컷을 날리며 등장한 우글거리는 뱀

들의 뇌수는 끊임없이 증식을 독려하는 썩은 이빨들
의 말들의 열렬한 기만의 거푸집은 거품처럼 부글거
리는 명태의 벌린 입속에서 쏟아져 나오는 이름들은
누굴까 태양의 발밑에 뿌려진 거대한 전투의 흔적은
이상하게 빙글빙글 돌아다니는 몸 없는 눈동자들은 캄
캄하게 딸려 오는 배후뿐인 정면들은 숫자와 숫자 사
이에 허수처럼 붙어 있는 발 없는 혀들은

119 사태

아버지는 밥 한 덩이 찬에 고추장만 먹어 장딴지가
쑥쑥 들어갔다 그 몸에도 살겠다고 5천 조 세포가 다
회충이었더랬다 그걸로 다 용서해 드렸다 담 넘어 본
419를

그따우로 왜 살았냐고 하는 조반을 뒤엎고 혁명은
총알받이 할 각오 아니면 가짜라고 그때 형사가 찾아
왔더랬지 가엾은 국어 선생으로부터

내가 배운 민주주의

또한, 내가 망치는

419를 119지법으로 이어오는 내 사랑 역사는 한 다
리가 뜯긴 여치처럼 펄쩍펄쩍 뛰어 자기도 모르는 테
이블 위로

머리를 풀어헤치고 긴 고무호스로 성기를 대용하고

길게 뿌리는 엑스터시의 망상으로 치유하고픈 어떤 시
대가 있었던가

　계엄의 탱크가 지나간 거리처럼

　이 사랑은 시간의 중첩이다
　이 거리는 헐벗고
　자기는 자명고를 찢으라 하네
　아버지의 뇌피를 찢고 알람을 울리라고

　시간이 되면 주체는 발동하지 에이치 아이 디 어서
오시고 블랙은 어둠 속에 대기
　하나님 까불면 죽는다는 선지자 외 그의 십이지파

　역사를 휘저으면 통제할 수 있는 미래가 시급 만삼
천 원에
　혁명은 당근에
　뉴 라잇!

역사는 해석일 뿐이야 쫄지마
　국립대 교수가 419 옆에 시민저항권을 붙인다 금년
의 교수 평가회의 주체를 알아본 다년간이 촉으로 움
직인다

　주체는 주체성을 양도하고 권력의 평등성을 누린다
주권의 일체를 양도한다
　문장은 선동 중

　내 사랑은 목매단다 글자의 한 톨마다
연서를 찢으며 내 귀의 고막을 찢던 불타는 가짜
붓다는 죽은 고막
사고의 극점에서 도래하지 않는 풍경을 보여줬지
보다와 듣다와 안다는 존재한다는 욕망에서 비롯된
육체의 습관인가봐 너의 이념은 뭐지?

　아버지는 배고프다 하시네

내 사랑은 사랑을 찾아 헤매네

역사가 필요하네
공통으로 말하고 죽일 거리가
내 사랑은 일단의 비상조치를 들고 등장하네 니퍼
와 재단기와 미학적인 포고령을 소품으로 나를 죽인
다 하네

나를 죽으라 하네
네 아비는 죽었다고
니가 자명고를 찢었다고

사랑은 배신의 얼굴로 등장하지 극도의 자기혐오로
사랑을 다 덮어버리기 위해
자기를 온통 다면으로 풀어헤친 메두사의
난발한 머리카락으로 모든 언어의 밑에 회충의 일
가처럼
둥근 밥상 같은 폭력으로

먹지 않으면 죽을 거라고

먹지 않으면 죽일 거라고 내 유일의 사랑의 전체주
의를

내 몸에서 실현하려고 나를 찢고 펼치고 피켓을 들
고 말하지

죽이면서 사랑한다고 사랑하니까 죽음을 공유하는
거라고

서부지법 폭도 시인에게

세계의 내장에 퍼지기 위해
투블럭의 창 밑에서

끊어지지 않는 펩타이드
보인다 국가라는 허름한 대물림이

죽은 신의 눈 속에서 부러지는 붉은 경광등
서부지법 창으로 흘리는 노란 오일 통

사제는 죽음을 선동하고
전도사는 미인가 된 신학을 통과하고

역사는 페이지를 찢으며
망상에서 솟아나는 마술적 등장으로

암수 한몸의 새로운 샴이
혀를 찢으며 그의 에덴을 넘어온다

이름 없이 속삭이다 사라지리라
아스팔트 성전의 십자군처럼

태극기와 성조기와 이스라엘기의 만국의
나아가는 나치적 부름 속으로

그 알 수 없는 오랜 충동에
오렌지빛 눈동자를 붙여 주며

균열뿐인 역사 속으로
오일과 불붙은 휴지와 목적의 바람으로

세계가
새로운 질문으로 호출되기를

자기 죄를 전소한 세트장 위에
철학의 비극적 포즈를 다시 취하기를

교회 청년의 손에 폭동의 사역을
삼류 시인의 입에 뇌 없는 음유를

전체가 웃는 돼지 상으로 죽은
광기의
훈육 앞에

줄곧 학대만을 염원하는 새디스트적
리얼리티극을 펼치며

오늘 우리가 추락한
지구의 높이

벌이 침을 쏠 때 함께 빠져나오는 생명처럼
오늘의 손에서 미끄러져 내리는 노란 미래

이제부터 진짜 구원의 시작이야
받은 모욕을 돌려주기 위해 돌아오는 사랑은 아니

란 거지

　너의 정수리는 두 개의 블록으로 나뉘어져
　너는 너의 법정을 부수고 너는 너의 판관의 멱을 따
며 너는
　너의 순교와 너의 탄압을 오가며 너는 튿어진 너의
표면을 꿰매듯이 지구라는 공을 튕기며 끌어안으며 멀
리로 창공으로
　노란빛의 입자들로

　사랑아 다시 한번 너의 돌을 어깨에 괴고
　망친 시의
　파지처럼
　내 손안에서 꺼져 줄래? 불 끝을 당겨 줄래? 세계의
하얀
　내장에서 중력을 살뜰히 끌어안으며

　시인은 시에 순교하는 것

삼류의 사랑을 내게 보여줘

매음굴의 장모

은순인 그래도 되는지 알았지
아기 뼈와 골상과 칼귀와 수정한 입꼬리
악이 분화되어 걸어다니는 미래를
은줄로 걸고 때가 무르익기만을

은순인 가계의 미토콘드리아를 빼서
라마다에 전시하고 싶었을 거야
추상과 반추상으로 모를수록 더 파워풀한 과거를
법줄로 대고 때가 무르익기만을

은순이는 인간 장신구를 주렁주렁 그래도 되는지
알았지
영혼을 빼내는 것과 영혼을 섭취하는 것과 엄마! 어
느 죄가
더 큰 거야
검은 해골 여신처럼 딸을 목에 걸고 흥정을 하고

은순이는 그래도 되는지 알았지

공범을 치마처럼 두르고 손끝에 까딱거리는 구체
관절 춤
추고 싶었을 거야 목 뒤로 빠져나오는 은줄 같은 돈
줄의 마리오네트 군단들

사이버 장을 열고 골프채를 휘두르고
혈관으로 직접 주사하는 음모론과
존재의 거처를 모두 알리바이로 바꾼
얼굴 없는 주소를 밥줄로 엮어

은순이는 그래도 되는지 알았지
시차를 두고 태어나는 악의 접견실처럼
신을 초과하는 한 인간을 디쉬에 꺼내놓을 때

주얼리 주어리 줄리 부르며 방방 마다 집어넣을 때
검은 해골들이 딱딱 위턱과 아래턱을 캐스터네이트
치며
엄마 엄마 짤랑거리는 탬버린

하체를 오려 붙인 기계의 모성을

은순이는 그래도 되는지 알았지 하얗게 질린 채로
태어나는 처키 인형을
손발을 부러뜨리고 은줄을 걸고 무대 위에 올려놓
아도 되는 줄 반짝반짝 가짜 빛을 던지며 호객을 해도
되는 줄

해병 전우회

흙물에 가슴까지 비탄에
태양은 살 조각을 잘라 뿌리네

길게 흐르는 관에 누웠지
못을 치면 피가 배어 나와

해병은 붉은 셔츠를 입고
흙물에 가슴까지 구르는 돌들에

시대는 한 명의 고유명사로 불리지
죽음을 재는 죄 없는 소대 단위로

해병은 전우를 부른다
진흙처럼 흘러내리는 목소리를

아스팔트 뙤약볕 폭설과 비정한
가짜 십자가 아래 바짝 타버린 강물에

해병은 붉은 셔츠를 입고
흙물에 가슴까지 불타는 여름의 한복판

물속으로 따라가 똑같이 수색을 하고
뒤엉켜 발밑으로 꺼져버린 하나의 태양을

해병은 건져내고 다시 공중으로
계엄의 긴 거리 밖에서 1조 전진으로

거기서 먼저 죽었지
흙물에 폭우에 별들의 이벤트에

그러나 잊지 않는다 병(兵)들의 진실을
여름은 청춘의 무릎 아래에

태양이 오직 그의 가쁜 숨을 따라가길
강 건너에서 휘날리는 승리의 연호이길

세상의 붉은 색이 인간의 심장에서
그의 정당한 자연색을 찾아가듯이

해병은 허리춤에 손을 올리고
반동을 죽음을 삶을 비통한 정신에

영원히 출렁이는 물결의 노래임을
분리되지 않는 이상과 수호의 군가이길

해병은 죽어도 붉은 셔츠를 벗지 않는다

그는 조용히 묵묵히
조국과 등가인 하나의 꽃을 물속에 심을 뿐이다

폭탄의 어머니인 거니

폭탄의 어머니가 오셨다
내장과 자궁과 뇌 속에 꽉 찬 증오와 욕망의 인간형
폭탄이
알을 까며 오셨다

캐비닛에 범죄 연대기를 꺼내어
식탁을 차리시는
레시피의 어머니
식용과 애완을 분리하시는
개들의 어머니가

컹컹 짖으며
질질 흘리며

계엄으로부터 영원까지의
시간을 창조하시는
오븐 앞의 독재자가
밀과 작약과 깨진 법원의 유리창을 짓이겨

너의 머리를 구우시겠다고
너의 머리 위를 둔치 위의 헬기처럼
너의 머리를 반란과 탄약으로 휘저으시며
너의 머리를 까맣게 탄 밤처럼 쓸어 담겠다고

폭탄의 어머니가 오셨다
두 개의 갈비뼈를 들어낸 자리
수송기를 싣고
휩쓸리는 거리마다
알들을 투하하시는 착란의 권력이

하얀 에이프런 위에
하얀 천사를 차례로 눕히며

우연의 회화처럼
눈 밑에 거대한 싱크홀을 달고
시간의

영아살해 같은 얼굴에 나이프를 찢으며 등장하시는
어머니

거대한 버섯구름을 꽂고
뽐을 내며 걸으시는
오직 자기만을 표절하시며 증식하시는
옷걸이의 유령처럼
유튜브의 튜브를 뒷목에 삽관하신 퀸처럼

당과 이단과 수괴의 삼위일체성 돋은 머리 위의 머
리가 나타나시네

장관의 회로와 폭도의 아드레날린과
두개골을 대행하는 해골들의 계곡을 만드시며
정원의 움푹한 분화구를 만드시며
발자국의 지폐를 찍어내시는

비화폰 속을 오가는 공백의 주체가

속삭이시네
오늘 밤 피의 내란이 준비되었다고

단 하나의 고유명사를 누르시며
웃음을 터뜨리시네
폭탄의 어머니가 알을 스는 몸속의 내전 지대에

피를 다 빼야 먹기 좋은 가두리 안의 물고기처럼
작살과 작란의 계엄의 영속적인 밤들의 치마 속에

예고하시네 폭탄처럼 터지는 알들의 시대를

다시 만난 세계

한 톨의 빛은 밤을 머금고 출현한다

너는 개체라기보다
어떤 상태와도 같다

사회자는 함성 시작! 한다
앞줄부터 파도타기! 시작!

끝은
중심에서 던진 가장 멀리로 보내진 힘

경복궁역 나와서 광화문 동십자각 지나
송현공원 앞 헌재 방향으로
활처럼 불룩하게 휘어진 도로를 밟고
핑! 핑! 지구가 왜 이렇게 빨리 도느냐고

무지막지한 밀도 속으로 넘어가는
당신으로부터 나를 구분할 수 없다

전류가 흐르는 손을 쥐여 주며
다음번 사랑은 여기서 시작이라고

한 톨의 빛은 두 개의 밤에 필라멘트를 꽂고

어떤 상태가 아니라
너는 사태에 가깝다

미래의 가장 짧은 선분들
이토록 바짝 별들이 집결하는

곽종근 사령관

군은 총을 등 뒤로 멜 때
증언을 거부하지 않고
스스로 어깨에 견장을 뜯을 때

그는 비로소 헌법에 명시한 자로서
국민 앞에 기립하고
최고 권력의 손가락을 부러뜨린다

그는 범죄의 작전표를 멈추고
평등의 별로 병들의 앞에 선다

그의 한쪽 뺨은 푸르른 새벽처럼
힘차게 떠오르는 별들을 연병장에 풀고

길고 복잡한 해안선과 찢어진 허리의
한 사람의 육체로 조국을 응시해보는 것이다

얼마나 오랜 고독을 단련해 왔는지

과묵하고 충성에 찬 근육과 의지들

한마디에 병사들의 하늘이 접혀 있는

오늘 그는 가장 큰 폭력 앞에
기꺼이 수인이 되고
오늘 가장 무력한 것으로
그가 지켜야 할 것을 지킨다

그리고 우리는 본다
영원한 손이 다가와 군의 어깨에 빛나는 것을

조성현 수방사 경비단장

한 사람의 군인이
그 어떤 무력보다
더 뜨거운 화력을 보여 주는구나

한 사람의 군인이
그 어떤 지도자보다
더 굳건한 수호를
대통령 장관 사령관보다
더 올바른 지휘를

한 사람의 군인이 다 보여 주는구나

자세의 아우라, 푸른 군복과
별이 없어도 빛나는 양어깨로

지휘관

우박보다 얼음보다 더 굵은
눈물을 흘릴 줄 아는 사람이

병력을 이동시킬 수 있다는 걸
병력을 철수시킬 수 있다는 걸

뜰 안에 붉은 제라늄
창틀에 한 줄 난 화분

뺨을 내어 주고 모욕을 받아 주고
작전 대상이 시민인 줄 몰랐다고

다치지 않으려 부둥켜안 듯
소음을 제거하면 춤처럼 보이는

의사당 앞에서 계엄을 멈출 때

불덩이보다 신념보다 더 뜨거운

심장을 인간에게로 돌릴 줄 아는

눈물의 신이 있다면

가장 착한 지휘자의 눈 속에 살아
그가 지키고 그가 보듬을 땅으로

부대 철수!

의사당 뜰 안의 제라늄
무구한 창틀의 난 화분

그는 반드시 두게 할 것 평화가 자기의 영토를

북파 공작원의 달

사내는 다부지고 눈이 칼끝 같았다

피켓을 툭툭 치며 악수나 해 보자고
검지 한 마디를 으스러지게 눌렀다

날 궂을 때마다 저린
숨은 삭망 같은 이야기

뱀 껍질을 벗기고 얼음 속에 노숙하고
올 때는 한쪽 귀만 수백 개를 지고 왔다는

목 내놓고 다닌 그 보상 받아야겠다는
껍질 벗긴 자리 흉터 같은 다 지난 이야기

이데올로기처럼 하늘은 갈라지고
호수 위로 쏟아지는 노란 탄약들

우리는 서로에게 귀를 걸어 주었다

둥근 어둠이 솟아오르길 기다렸다가

깊고 깊은 수심을 가만히 쓸어 주면서

한 사람의 표명

불가능의 꼭대기에 매달려
있다는 생각에 너는 시달려

모든 입으로 동시에 말하게
귀가 듣지 않은 것을

모든 손으로 동시에 비틀게
지각되지 않는 실체를

모서리에 야광 스티커를 붙이듯

사물은 자기를 은폐하고
어떤 것도 반영하지 않는

불가능의 꼭대기에 너는 매달려

부스러지는 세계 뒤로
너는 부러지는 꼭대기

야광 포스트잇이 뜯겨져 나가듯

비유 없는 거리에 비유라는 발자국
불가능의 빛이 부동시의 그림자를

어떤 일도 없었던 공간을
실재하는 것으로 채우려

죽음과 욕망과
뜨거운 추상을

너는 만들고 만들면서 모두 쓰러뜨리고
써 볼 수 있는 미래를 미리 다 써버리듯이

아무 일도 없었다고
실존하지 않는 달과

어떤 감각으로도 전개할 수 없는 우주를
동의하지 않는 신체 위의 무수한 하늘을

너는 불가능의 가능성에 매달려
힘껏 쪼그라들고 밤의 성분으로

돌아오고 돌아오는
돌아온다는 환상을

몸에 칭칭 감고
몸을 가끔 열고

너는 우두커니 너의 부재를 내려다보고

헌재 앞 달걀

사랑했는지 그루밍이었는지 망자를 놓고 손톱만큼 다른 시간 톱을 잘라서 고깃덩어리처럼 썰 수 있는 마음이란 게 유통 가능한지 뒤로 빼둔 식료품인지 바케쓰 안에 쏟아놓고 휘적거리는 오늘의 기사에 사람들은 비판과 판단과 동일시를 쏟아놓으며, 고기 한 근만큼의 감정을 떼어낸다 주체가 아닐 때 삶은 오히려 신선하고 제값 받고 파는 노동처럼 죄 없는 서핑 우리도 모르는 가상의 시냅스가 공중에서 엉키고 힘이 세어지는 동안에 우리는 기획된 하루를 짜 가고 거미줄의 윤리랄까 한 걸음 떼고 보는 허공의 미학이랄까 몸이 가벼워지는 건, 누군가의 위장 속에 삼켜지고 육식의 뇌 안에 포만감을 전송받는 느낌 분리랄 것도 없는 일체감으로 존재는 편안하고 존재는 여러 의혹 속에 한 점으로 집결한다 누군가 뇌의 환경을 조성하듯이 정원 속의 식물처럼 새카맣게 몸이 타버리는 토양을 배급받으며 이것이 사랑인가 그루밍인가 너무 많이 만져서 알이 다 곯아버린 미래

광화문 앞 미래

대기권 밖에선 극을 다 놓친 마음이
있다고 내려오면 재난이 되는 몸이 있다고

세계는 덥고 물컹한 윤리적 내부를 갖지
죽음과 도주가 몸 안에서 짐승 한 마리를 끌고 오고

우리는, 우리가 모여서 휩쓸려가는 궤적
너무 아름답지
깃발의 펄럭임과 뜨거운 율동은 보이지 않아도
상상하세요 미래는 여기서 시작

잔상 같은 목소리들 시간의 귓바퀴를 만들고
가장 섬세하고 뜨거운 사랑 같은 회로

이렇게 빠져나가도록 영혼의 군집성

이렇게 투명한 영현백 지퍼를 열고
봄의 폭설이 내리듯이

끝까지 아름다울 수 있다는 게
저 검은 구덩이가 창백한 빛의 몸속이었다니

마빡에 나비 종이를 오려 붙이고
상상하세요 여기부터가 미래

3
부

눈 오는 한강진

너희가 죽인 그 사람

전두부에 최루탄을
니퍼에 열 손톱을
프레스에 시푸른 손목을

너희가 죽인 그 사람

크레인 끝에 밧줄을
부당해고와 가압류와
오작동의 기계 사이에

너희가 죽인 그 사람

복면을 씌우고
전류를 흘리고
통닭구이처럼 빙빙 돌리던

너희가 죽인 그 사람

자유를 말하면 자유의 몇 조항으로
평등을 말하면 평등의 비튼 해석으로
주권을 말하면 주권의 특권의 주체로

공권력의 손톱으로 꾸욱 꾹 눌러 죽인
너희가 죽인 그 사람

부릅뜬 눈 속에 담긴 하늘을 고스란히
내려놓고 간 사람
문드러진 심장에 뜨거운 박동을 그대로
흘려놓고 간 그 사람
불붙은 말들을 가장 멀리까지 날려 보낸
제목 속의 그 사람
너희가 죽인 그 사람

너희가 찢는 그 사람

너희가 뜯어먹는 그 사람

눈송이 내리네

알루미늄 호일 꽃을 피우며 철야에 공중의 화단을
만드는 가장 신선하고 부드러운 속 겹의

눈송이가 내려오네

두고 간 하늘에 박동 소리 불티 같은 단어를 꿰어서
몸을 찾고야 마는 문장이

눈송이가 내려오네

이를 말 없이 받으며 귀하여 둘러보며 서로에게 괜
찮은지
우리 얼지 않은 거지?
우리 죽지 않은 거지?

너희가 죽인 그 사람
너희에게 돌아오는 그 사람

가짜 말고 오직 진짜뿐인 이 세계를 오직 자기 살로
보태려고
겨울은 하늘은

오직 살아있는 심장을 가리키며
너희가 죽인 그 사람은

빛으로 써놓은 역사의 그 다음 날 태어나는 민주주
의는

글자 파시즘

고무호스로 학대받은 글자들은
리비도도 함께 부착하고 등장한다

글자는 각기 성기와 구강과 항문을 달고
자기 욕망의 실현을 위해 잠복한다

모든 텍스트에 뿌려지는 리비도의 향취
쓴다는 것은 동사가 아니라 권력의 취향

글자의 속옷을 벗기고
글자의 급소를 점하고

가장 위험한 사랑에 뱀처럼 기어가
삼천 개의 찌그러진 영현백을 낳고

가장 위대한 혁명에 독을 풀어
천 개의 젖은 종이 관을 짠다

로고스의 눈을 찌르며
오! 빳빳하게 일어서는 고무호스의

피 묻은 자아의
피 묻은 교조의

영원한 자기 회귀
타자의 피로 잉크를 채우는 붉은 못

글자의 손등에 글자의 발등에
글자의 뒤통수에
피켈을 꽂는

자판 위의 전체주의자
리비도의 빌라도를 본다

자기 말로를 물고 있는 질투하는 도구적 형상을

송경동 시인

슬픔이 광장을 흔들며 나온다
유리 벽들이 비늘처럼 반짝거리며 저녁을 몰고 가
고 저기 빈 속에 웅크린 농성 텐트들
어둠은 입자가 되어 머금은 빛을 옮긴다 서로의 팔
뚝에 충당되는 연료처럼 끝에는 꽃 대신 자기 파동

저기서 입을 벌리면 여기서 소리가 나오고
광장은 넓게 펼쳐진 한 사람의 기억 같고 사랑은 기
관을 나누는 신체
저 사람은 단식 열흘 차
저 사람은 얼굴에 붙은 열 개의 태양이 굴러떨어지
지 않고
먼바다를 혼자서 겪는 목선처럼 거친 눈썹과 새벽
집어등
가장 높은 물마루가 숨긴 대양의 정신

인간이 무엇을 뜻하는지 알게 하려고
자연은 한계의 극한에

자발적 표류를 남겼지

밤은 물 같고 선두를 하나의 방향으로 출렁이는 비
물질들 어렵고 고단하고 만지지 못하는 기호를 만드
느라
자기를 쏟아놓아야만 하는
사건의 시간이 도래하였다
그에 걸맞는 거대한 체적의 공간과 함께

밤의 광장에
테두리를 한정없이 넓히는
자유와 수난의 사이에
저 사람은

홍장원 차장

한 꽃송이를 돌보라는 것은
모든 꽃을 지키라는
신의 정원에 노동과도 같은 일

그는 단련된 뇌와 사지를
오직 꽃이라는 추상에
생활을 모조리 바친 정원사의 신념에

그는 번개처럼 손끝이 갈라지고
이름도 없이
대륙을 떠도는 거대한 구름

고독이
운명이
너를 기입하지 않겠다는 비명이
신과의 조용한 약속인 줄로만 아는 소명이

한 꽃송이의

숨죽인 흙 속의 공기가 되리라고

시민의 규율과도 같이 가르마를 타고
모든 고난과 우울을
꽃들의 일기로 바꾼 혹독한 가드

그는 국가라는 집합이
돌이킬 수 없는
일개의 권력으로 등장할지 몰랐지

정원사는 항명한다
그러면 안 되는 거 아니냐고
정원의 이데아를 지키기 위해

정원을 갈아버리는
성주의 포악을 고발하며
정원사는 자기를 부정한다

꽃들의 소리로
잎들의 노래로
가지의 절단과
뿌리의 단절로

하늘이 지구에서 뽑힌 화분처럼
깊은 구멍을 보일 때
정원사는 항명한다

길어지는 회한처럼
달 속에 슬픈 파종을 하며
밤의 세상은 어떤 빛이 만개할까

괭이와 의심을 쥐여 준
그 누군가의 명령에 순응하듯이
이데아의 정원을 지키며

한

꽃송이를 지키는 것이
한 목숨을 바꾸는 일과 같다는 것을
모든 꽃들의 대행자로
괭이와 의심과 항명을

그는 정원을 빼앗긴 정원사이지만
꽃들의 진정한 흙과 향기의 품위로

본 적 없는
미소를 공중에 얹는다
오! 그의 가슴은 검게 썩으나

L의 호소

어떤 경로를 통하여 만났는지는 모르나 우리는 마
침 모였다 일정한 단위마다 휴지기가 있었기 때문이
다 파동을 다른 관점으로 이해하면 무한히 늘일 수 있
는 틈이고 우리가 만드는 새로운 질료의 공간에 우리
는 구성 성분이고

우리가 중지시킨 사건의 내부를 점검하다 당신은
목에 열십자형 상처가 있군요 오! 그것이 제 운명의 사
인이죠. 저렇게 눈물이 쏟아져 나오는 폭포와도 같은
벽이 당신을 찾으러 오고 당신은 언제부터 행로를 전
환했나요? 오! 습설을 찢으며 피부에서 소리가 왈칵
쏟아질 때 무성의 필름이 돌아가죠 영원히 운명의 반
복선율이 흰 오점처럼 내려오죠
　벽에서는 말하는 돌들이 굴러떨어지고, 당신은 어
서 모여 달라고

어떤 경로로 흘러내릴지는 모르지만 고랑을 파고
내려오는 짐승처럼 매 순간 가슴이 찢어졌습니다 미

래는 직립으로 날을 세운 벽이에요 얼굴이 목소리가

지표가 썰리며 흩날리며 그러나 시간의 깃대에

춤을

단단히 잡아 주는

기울어지는 어두운 중력처럼요

자꾸만 옆으로 팔을 늘이고 당신은 펄럭이며 출현

하고 다시

캄캄하고 다시 모여 달라고 사라지는 사라지는 페

이지를 넘깁니다

괴물 산불

괴물은 불의 분자
괴물은 날뛴다 증식한다
괴물은 자연법칙을 조롱하는 신의 의지
괴물은 인간의 최소의 자산 너머
괴물은 흘린다 욕망을
괴물은 불의 회귀
괴물은 발생 이전으로 돌아간다
괴물은 자기를 출현시키지 않는 곳으로
괴물은 부싯돌이 켜지기 전의
괴물은 죄의 인화성으로
괴물은 괴물의 잠복한
괴물의 맹아 속으로
괴물은 순순히
괴물은 인간 너머의 악력을 받아들이는
괴물은 자기의 통제 너머의
괴물은 미래와
괴물은 미래보다 더 앞선 괴물의
괴물을 다 파괴하며 돌아오는 전 과정을

괴물은 보이지 않는 뺨과 피뢰침의

괴물은 자기를 경악하는 얼굴의

괴물은 놀라고 날뛰고 증식하고 증강하는

괴물의 불의한 세계의 불온한

괴물은 괴물의 증감으로

괴물은 일그러뜨리며 우그러뜨리며

괴물은 괴물 외엔 모르는 곳으로

괴물은 죽음에 대한 자기 동일시를

괴물은 타자의 얼굴 위로

괴물은 석유를 뿌리며

괴물은 자기 신체의 기획 아래 괴물은

헌재 앞 사거리

지금 누가 대한민국의 시계를 붙잡고 있는가
그는 잠에 곯아떨어져 오이디푸스의 침대에
그는 헌법의 눈알을 찌르고 주권자를 쫓은
내전을 치르고
기다란 나르길레의 허리
자기가 낳은 세계와 혼음을 하는
로고스의 창녀가 있지
침대보에 쨍그랑거리는 별들을 매달고
소음과 소란의 운동을 창조하는
비화폰의 소유주가
거대한 환각 공장에
다각적 감각을 제공하는 꼭짓점의 침상에
흘러내리는
파라핀
모공에 올라오는 잔불들 있지
검은 밤을 푹 쏟아놓고 가는 재 속의 태양
지금 누가 율법의 침대 위에 뒹구는가
눈에서 피가 새어 나오는

창을 닫고

언어는 추방당했지

괴성과 교성만이 양막을 찢으며 굴러다닌다

왕은 죽었지

왕의 아들은 신탁을 실현하기 위해

역사에 잠깐 등장하고

시간의 두 팔을 영원히 부러뜨린다

반라의 어깨에 브로치를 단

그리스 비극 극장에

지금 누가 이오카스테를 연기하지?

목 없는 닭들의 한낮

피 묻은 잠을 수거해 갔지

지금 누가 국가의 시계를 멈추고 있는가?

기체 같은 그림자가 돌아다니는 헌재 앞 사거리

검사와 색출

천국으로 가는 딱지는 오히려
신성하다
그들은 구원을 바랐고 그들은 노동했지

얼굴을 깎으며 등장하는 줄리님은
신체에
공천과 직위와 주식의 장소를 새기고

소녀처럼 머리를 땋거나 108 염주를 목에 걸거나 구
약을 통째로 암기하신다거나 가끔씩 몸주가 들락거리
시는 족집게로

자! 내가 니네들을 디자인해 줄게
이걸 요롱게 잘라서 조오기에 붙여
역사는 퀼트처럼
정치는 기세라니까,
봐! 내가 어레인지한 것들, 아스팔트는 길다란 제단
이지

원리주의와 프로테스탄트와 금발의 성조기 아래
우리들은 토종의 명태를 바친다

탱크가 굴러가야 각이 잡히지
뭐랄까, 오음리는 살아있는 부적이야
응! 수거한 다음 그리로 수집해야지
훈련은 잘 돼가나?
종이로 관을 짠다는 건
종이로 꽃을 만든다는 것과 같은 신호
태우면 종이 새가 날아오르지
날개에서 불덩이가 흐르네
불의 마음으로
여사는 달리지 공중에 하얗게 엉킨 스텝들

헬기가 선회하는 의사당
안 됩니다
그럴 수 없습니다
용사는 울부짖지, 어깨에서 계급장이 산산이 갈려

흩뿌려진다

꽃들아
봄은 자학 같아
폭설을 뿌리네

천국으로 가는 딱지도
암표로 사고팔았다는데
직접선거는 애초부터 부정이지
시대의 후크송이야
복창 못 하면 네가 좌빨, 근엄하시나 자애로우니까

신체에 7천 군데
여파를 측정하면 2만 군데
집체의 성감대라 할 수도 있지

쾌락과
고문이 일치하는 벙커를 창안하고

직접 정치를 구현하시는
에로스타노스님의 얼굴을 보러 가자

촬영을 좋아하시니까
찰칵찰칵 얼마나 빠른 속도로 추락하는지
마치 정지한 것처럼 보이는

그러나 윤곽이 다 허물어져버리는
베이컨의 교황을 보러 가자
관찰하기 전에는 있기도 없기도 한 붉은 페니스와

깃발맨

고요한 내란이야
야산에 붉은 꽃덩이야
그슬리면 분홍 살이 드러나네
죽은 짐승들이 눈발에 섞여 내리네
석유 내, 새알들 노루귀 깡충거리는 것들
비명이 프린트된 드레스를 뻗쳐 입고
누가 지옥을 질질 끌고 다니는지
네 가르마도 불탄 임도 같네

안국에선 로드킬당한 고라니를 보았지
그걸로 민주주의를 유비하진 말자
봄은 눈물을 뚝뚝 흘리고

눈물은 봄을 잘 수습하니까
심장에서 올라오는 것을 기다린다
존재는 자기 깃대에 잘 휘날리고 있다

의원님

의원님 머리에 까치집을 짓고 성명서를 읽으시는
의원님 화재로 깨진 종처럼 목소리가 찢어지신 의
원님
부르면 가슴 속 발전기가 일거에 윙윙 돌아
전력을 대 주시는 의원님
욕설과 슬픔을 뭉쳐 밥덩이를 넘기고
패배와 신명을 풀어 구호를 선창하는 의원님
지역구만 한 몸을 접어 다니는 의원님
호주머니에 작은 기쁨과 계획을 알사탕처럼 넣어
다니는 의원님
하루의 24시간을 대의민주주의에 존재를 꾸어 주는
의원님
종이로 감싼 배처럼 천 개의 손끝에 의정을 매단 의
원님
위험했던 의원님 그보다 더 용맹했던 의원님
그보다 더 순진한 눈망울의 소와 겨루는 의원님
가슴이 아파 우는 눈물 봉지가 몸속에는 있는
잔잔하고 긴 강의 그 반짝이는 물빛과 눈빛을 고스

란히 돌려주는 의원님

　얼음과 풍랑을 딛고 선 의원님

　민주주의란 흩어지지 않는 결사임을 그 외곽을 악
착같이 붙잡고 있는 절차의 수비임을

　역사의 척추를 따라 행진을 하는 선두의 의원님 후
미의 의원님 별처럼 박힌 의원님

　한 번에 그렇게나 많은 군중과 눈을 마주칠 수 있는

　그만큼이나 많은 찰나를 갖고 있는 의원님

　시간을 사랑으로 환산해서

　몸을 쪼개시는 의원님

　비바람 눈과 칼바람 언 바닥 응원봉을 흔들 때

　서로가 먹먹해서 서로를 알아보게 하는 의원님

　빛 속에서 우리가 건네는 한 줌의 미소를 보석처럼
모으는 의원님

　벽 앞에 눈금을 그으며 그보다 더 높은 키를 꿈꾸는
의원님

　사진을 찍어도 될까요? 따라가고픈

　위대한 동시대의 얼굴들

고맙습니다 의원님 파이팅 의원님 이 말이 다이지
만!
이 말조차도 못 하면 다시 하얀 주권으로
약속해요 의원님! 살아 숨 쉬는 민주주의로!
우리는 다시 광장으로 헌법과 의회와 투표와 나날
의 시민으로! 다시 만나요 의원님!
꼬옥 이 자리에서

우주 전사

피부는 발언한다
우주 캡슐 지대에 도달했다고
평면에서 1인용 침낭의 형태로
너를 반투명의 애벌레로 만드는
이 거리에, 금속의 고치처럼 누워서
너는 민주주의의 밤을 구성한다

그리고 우리는 어디엔가로

눈 속에 파묻힌 겨울의 심장 속으로
또한 순서대로 봄꽃들이 겹쳐
자기 감각을 미끄러져 들어오는
얇은 막을 지나
너는 모든 빛들이
향기와 색채와 더딘 꿈을 어떻게 내포하는지
작은 부스럭거림에도 네 몸에서 반짝거리며
흘러나오는 것을
놀라워 한다

그리고 우리는 어디엔가로

너는 자기를 다 실현한 후의 한 꾸러미의 은총 같다
그것은 다시
최초의 형태를 제시하며
지구가 꾸물거리며 깨어나는 알 속의 무언가인 것을

그리고 우리는 어디엔가로

너는 입을 오므리며 전송하는 메신저 같고
그 자신이 내용물 같다

주권을 생각하는 밤이다
너는 빼곡히 적으며 토씨 하나 떨어지지 않는 별 사
이로
은빛 캡슐처럼 먼 광속의 거리를 그으며

그리고 우리는 어디엔가로

삶창시선